Loi numéro 49 956 du 16 juillet 1949 sur les publications
destinées à la jeunesse: septembre 2011
Dépôt légal : décembre 2011
Imprimé en France par Pollina à Luçon - L59461
ISBN 978-2-211-20392-0

Stephanie Blake

NOYEUX JOËL !

l'école des loisirs
11, rue de Sèvres, Paris 6e

**Ce soir, c'est Noël.
Simon est allé chercher
un sapin avec papa.**

Pendant que papa installe le sapin,
Simon et Gaspard
déballent les décorations
de Noël
avec maman.

Quand le sapin est décoré,
maman dit :
« Il faut préparer un goûter
pour le Père Noël. »

Simon s'inquiète.
« Papa dit qu'il y aura une tempête
de neige cette nuit.
Comment il va faire, le Père Noël,
pour trouver notre maison ? »

« Ne t'inquiète pas », dit maman,
« il se débrouillera très bien
(il a l'habitude). »

**Une fois au lit,
Simon devient écarlate :
il neige à grosses pattes !**

**« Gaspard !
Comment veux-tu que les rennes
se dirigent par une nuit pareille ?
Il
FAUT
aider
le Père Noël. »**

« Il faut l'aider, tu comprends ? »
« Nan, comprends pas. »
« On ne peut pas laisser le Père Noël
se débrouiller tout seul !
Et s'il survole la maison sans la voir ? »
« Ben quoi ? »
« BEN PAS DE CADEAUX,
IDIOT ! »

« YES !

J'ai trouvé !

Viens !

Suis-moi,

Gaspard ! »

En catimini,
sans faire de bruit,
Simon et Gaspard enlèvent
les guirlandes du sapin…

…

pour faire une

MÉGA-

piste

d'atterrissage !

De retour dans la maison,
Gaspard et Simon s’endorment rassurés.

Et le lendemain matin,
lorsque sa maman lui dit :
« Tu vois, Simon, le Père Noël
a trouvé la maison ! »
Simon répond…

« Normal !
On a fait une
SUPER-MÉGA-
piste d'atterrissage ! »

« Mais où sont passées
les guirlandes lumineuses ? »
demande papa…

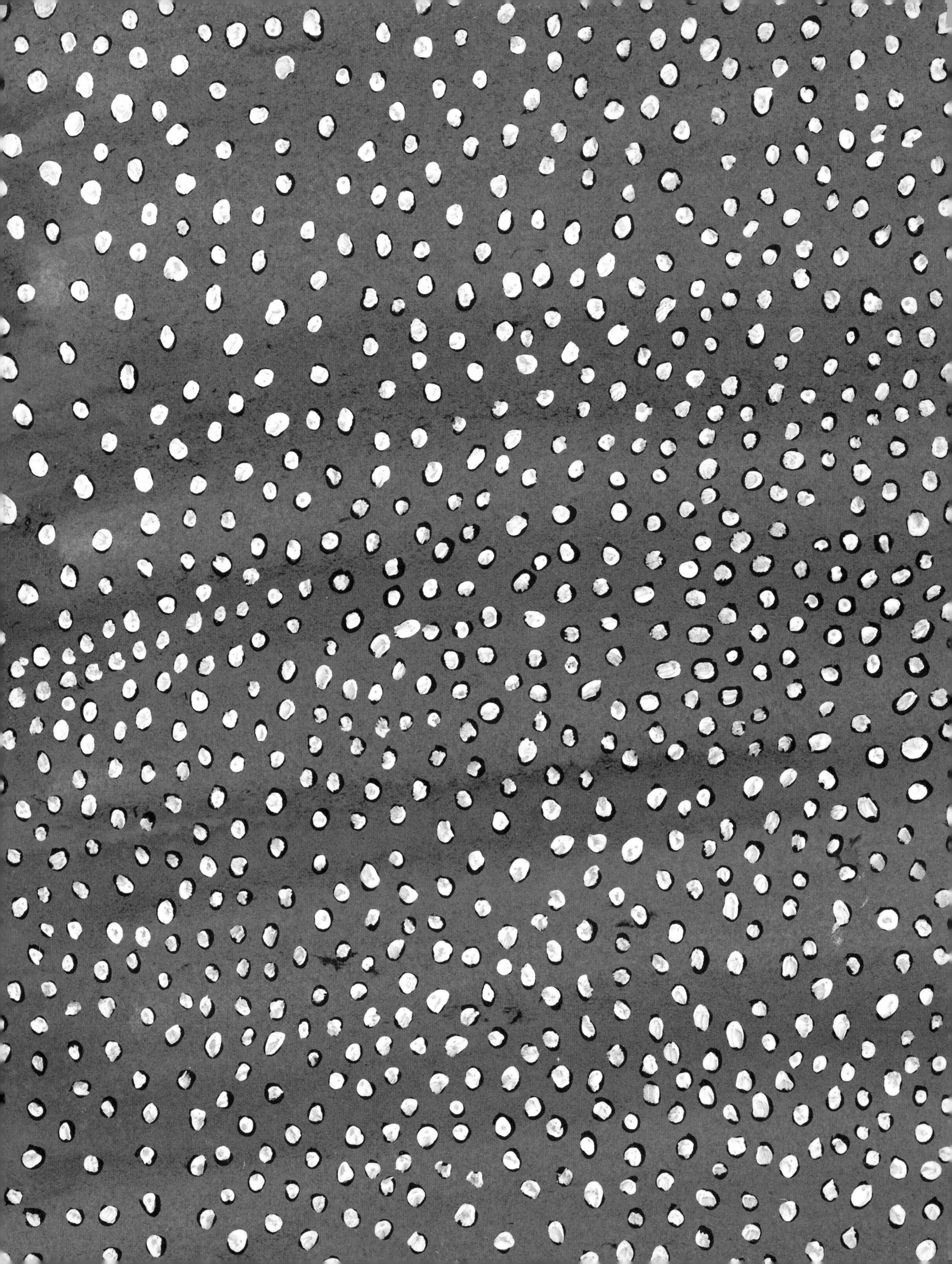